Paul Thiès

Louis Alloing

La sorcière de l'île du Croc

CASTOR ROMANS

87, quai Panhard-et-Levassor – 75647 Paris Cedex 13
ISBN : 9782081498976

Les héros du livre

Plume

Son vrai prénom est Parfait, pourtant il fait souvent des bêtises. Ce gentil pirate adore l'aventure !

Petit-Crochet

Sous ses airs de mauvais garçon, c'est un ami fidèle : il est toujours prêt à aider Plume !

Perle

Cette princesse cannibale a un caractère bien trempé et beaucoup d'audace. Elle est amoureuse de Plume !

Tarte aux Pommes

Bavard et dégourdi, ce perroquet ne s'éloigne jamais de Plume.

Flic-Flac

Le dauphin apprivoisé de Petit-Crochet est toujours partant pour jouer.

Noix de Coco

Moqueur et protecteur, ce perroquet est le compagnon inséparable de la princesse Perle.

Chapitre 1

Plume en Bretagne

Plume est un petit pirate qui habite les Caraïbes avec son papa, le fameux capitaine Fourchette, sa maman, son frère et ses sœurs. Avant de devenir pirate, le capitaine Fourchette était pâtissier.

Alors il a appelé son bateau le *Bon Appétit*, et il a donné des noms de gâteau à ses enfants. Il y a dans l'ordre :
Honoré, qui est très paresseux,
Madeleine, qui est très intelligente,
puis Parfait, que l'on surnomme Plume,
Charlotte, qui n'a qu'un an de moins que lui,
et enfin les jumelles, Angélique et Amandine,
qui sont encore toutes petites.

Normalement, les petits pirates ont la belle vie : ils cherchent des trésors pendant la semaine et ils mangent du requin rôti le dimanche ainsi que de la brioche au petit déjeuner. Mais parfois, les enfants Fourchette vont en Europe chez leurs grands-parents. Ils passent quelques mois en Bretagne, à Saint-Malo, dans la pâtisserie de Grand-père Fourchette, le père du papa de Plume, et jouent aux apprentis marmitons*.

Cette année, Perle, la copine de Plume, et Petit-Crochet, son meilleur ami qui est l'amoureux de Charlotte (mais chut, il ne faut pas le dire), les accompagnent car ils voulaient visiter l'Europe, eux aussi.

* Un marmiton : jeune apprenti cuisinier.

Naturellement, Tarte aux Pommes, le perroquet de Plume, Noix de Coco, celui de Perle, et Flic-Flac, le dauphin apprivoisé de Petit-Crochet, sont du voyage !

Les enfants visitent la ville. Perle admire les phares, les murailles de pierre, les marchés et les rues étroites du port.

Tarte aux Pommes et Noix de Coco battent des ailes pour dire bonjour aux passants. Flic-Flac s'habitue facilement à l'eau qui est plus fraîche que celle des Caraïbes. Il s'amuse avec les enfants du port, des petits Bretons qui rêvent souvent de devenir mousses, explorateurs… ou pirates !

Plume, Charlotte, Perle et Petit-Crochet passent leurs vacances à Saint-Malo chez Grand-père Fourchette.

Chapitre 2

La dure vie des marmitons

La pâtisserie, *Au bon baba*, de Maître Fourchette est au coin de la rue des Coquillages et de la rue du Coquelicot. Son enseigne représente un gros baba au rhum.

Les deux perroquets l'adorent ; ils se perchent dessus et font semblant de la picorer en criant :

– Bon appétit ! Bon appétit !

Plume, Perle, Charlotte et Petit-Crochet dorment dans deux chambres minuscules, dans l'arrière-boutique. Ça fait drôle à Plume de penser que son papa dormait là quand il était petit…

La pâtisserie sent toujours très bon. Une délicieuse odeur de farine et de pain chaud chatouille les narines des enfants. Mais, les petits marmitons se lèvent tôt le matin pour allumer le four, et ils se couchent tard le soir pour tout nettoyer. Le reste de la journée, ils pétrissent la pâte, ils transportent des sacs de farine, ils astiquent les moules, ils livrent de grosses miches de pain, des tartes et des gâteaux dans toute la ville. Il faut aussi apprendre des tas et des tas de recettes par cœur ! Grand-père Fourchette est très exigeant, et Grand-mère Fourchette a toujours des tonnes de vaisselle à nettoyer !

Plume et ses amis font la connaissance des clients de Maître Fourchette : des capitaines qui mâchonnent leur pipe, de jeunes mousses aux yeux brillants, des demoiselles en robe blanche et de jolies pêcheuses qui réparent leurs filets. Une seule cliente déplaît à Plume, une étrange vieille dame aux yeux bizarres, Madame Brosse, qui ricane en le regardant. Elle ne vient que quand Grand-père Fourchette n'est pas là. Et elle donne parfois aux enfants quelques dragées bleues et jaunes en marmottant :

– Moi aussi, j'aime bien faire la cuisine...

Les perroquets se méfient :

– Ouh... Ouh... Ça sent le hibou, le vieux chou, la soupe au caillou...

Le soir, les enfants s'installent en cercle autour du feu. C'est beau le feu, il n'y a pas de cheminée sur les bateaux pirates… Grand-mère Fourchette leur raconte l'histoire du roi Arthur et de Merlin l'Enchanteur. La fée Viviane échange des sorts avec la méchante fée Carabosse ou avec les farfadets* qui dansent dans la forêt magique, la forêt de Brocéliande…

* Un farfadet : petit esprit de la forêt.

Les enfants se méfient de Madame Brosse,
une étrange cliente de Maître Fourchette.
C'est une vieille dame aux yeux bizarres…

Chapitre 3

Prisonniers de Madame Brosse

Un matin, Plume se réveille en sursaut. Il se lève, bâille, écarquille les yeux : il n'est plus chez son grand-père, mais au fond d'un vrai cachot, sombre, humide et tapissé de toiles d'araignées !

Perle, Charlotte, Petit-Crochet et les perroquets sont là aussi. Ils dorment d'un sommeil étrange. Soudain, Plume se souvient des dragées de Madame Brosse. Hier soir, elles avaient un drôle de goût. Elles devaient être droguées ! Madame Brosse les a tous enlevés en l'absence des grands-parents, invités à une fête. Mais pourquoi ?

Plume secoue Petit-Crochet en criant :

– Debout ! Nous sommes prisonniers !

– Que se passe-t-il ? demande Perle en se frottant les yeux.

– Oh, là, là... On dirait qu'il y a autant de pirates en Bretagne qu'aux Caraïbes, soupire Charlotte.

– Alerte ! Alerrrte ! crient les perroquets en tournoyant dans le cachot.

Tarte aux Pommes et Noix de Coco ont picoré des dragées, eux aussi, et les voilà prisonniers !

À cet instant, un rire bizarre retentit au-dessus d'eux. Une voix sinistre ricane :

– Bienvenue chez moi...

Une corde descend vers les jeunes prisonniers.

– Montez ! ordonne la voix.

Plume et ses amis obéissent et, un instant après, ils se retrouvent devant une vieille femme avec un hibou sur chaque épaule, assise sur une énorme marmite. C'est Madame Brosse !

– Bonjour, bonjour, grommelle-t-elle. Je vous présente Joujou et Bijou.

Les deux hiboux battent des ailes et hululent d'une voix lugubre*. On se croirait vraiment dans un château hanté ! Tarte aux Pommes et Noix de Coco n'en mènent pas large. Ils n'ont jamais rencontré de hibou aux Caraïbes.

– Que voulez-vous ? Pourquoi nous avez-vous enlevés ? s'écrie Plume avec colère. Quand mon papa, le capitaine Fourchette, apprendra ça, il vous coupera la tête avec son grand sabre.

* Lugubre : triste et effrayant.

– Et quand Grand-père Fourchette l'apprendra, ajoute Charlotte, il vous rôtira au four !

– Vraiment ? ricane Madame Brosse. C'est justement à cause de Maître Fourchette que je vous ai enlevés. Figurez-vous, les enfants, qu'en plus de ses gâteaux, il s'intéresse aux recettes des sorciers du Moyen Âge, plus particulièrement à celle de la Pierre Philosophale qui change le plomb en or. C'est le plus grand des trésors ! Je suis sûre que Maître Fourchette vous a confié sa formule ! Ou vous me la préparez ou vous mourrez !

– La Pierre Philosophale ? répète Plume. Grand-père ne nous en a jamais parlé !

– Je ne te crois pas ! Il me faut la recette avant la prochaine lune, sinon… sinon c'est la marmite !

Madame Brosse retient Plume
et ses amis prisonniers. Ils doivent absolument
trouver une idée pour s'évader…

Chapitre 4

L'île du Croc

Le repaire de Madame Brosse
est un château de pierre grise
sur une île sinistre, entourée de tourbillons
et de récifs : l'île du Croc, au nord
de Saint-Malo. Pas moyen de s'évader !

En plus, Joujou et Bijou, les deux vilains hiboux, survolent les hautes tours et les landes* grisâtres. Sans compter que la méchante Madame Brosse a enfermé Tarte aux Pommes et Noix de Coco dans une cage de fer. Il n'y a rien à faire !

Plume réfléchit et décide de mentir à Madame Brosse. Il n'a pas le choix. Il soupire, prend son courage à deux mains et déclare :

* Lande : vaste étendue de terre couverte de végétation basse.

– D'accord, je l'avoue, mon grand-père m'a bien révélé la formule de la Pierre Philosophale. J'accepte de vous la préparer mais il me faudra un mois et des tas d'ingrédients.

– Entendu, répond Madame Brosse. Mais si ce n'est pas prêt à temps, je mangerai de la soupe au pirate et du perroquet rôti. Compris ?

– Tu es fou, chuchote Charlotte à son frère. Grand-père ne nous a rien dit du tout. Je ne savais pas qu'il aimait les trésors, lui aussi.

– Moi non plus, répond Plume. J'essaie de gagner du temps.

– Et dans un mois, il se passera quoi ? s'inquiète Petit-Crochet.

– Je l'ignore, soupire Plume.
On verra bien…

Les jours suivants, Plume et ses amis travaillent dur dans les cuisines de Madame Brosse. Elles contiennent des marmites grandes comme des galions, des louches encore plus longues que le grand mât du *Bon Appétit*

et des étagères remplies de grimoires, de flacons, de fioles et de bouteilles plus bizarres les unes que les autres. Le pire, c'est que Perle, qui est la fille d'un roi cannibale, remarque souvent :

– Ces marmites me rappellent mon arrière-grand-père Piramiam, celui qui croquait dix marins à chaque repas et le capitaine au dessert !

Madame Brosse est horriblement gourmande. Elle traite les enfants comme des esclaves. Ils doivent lui préparer des gâteaux au chocolat, des kilos de dragées et des tonnes de babas au rhum. Sans compter la vaisselle !

Petit-Crochet s'énerve de plus en plus.

– Il faut AB-SO-LU-MENT s'évader ! grogne-t-il en contemplant les vagues. Si au moins Flic-Flac était là…

Il soupire encore plus fort. Le gentil dauphin est resté à Saint-Malo. Il doit sûrement s'ennuyer !

Petit-Crochet a raison ! À Saint-Malo, Flic-Flac et les grands-parents Fourchette s'inquiètent terriblement, mais ils ne savent pas où chercher les enfants. Madame Brosse n'a laissé aucun indice derrière elle…

Madame Brosse surveille de près ses jeunes prisonniers et s'impatiente.

– Alors ? Et ma formule ? J'attends !

– Bientôt, bientôt, affirme Plume d'une voix nerveuse.

Le petit pirate est de plus en plus inquiet. Mais un soir, il adresse un grand sourire à ses amis et il déclare :

– Ça y est ! Je sais comment partir d'ici.

– Et comment ? demande Petit-Crochet en ouvrant des yeux ronds.

– En bateau, tout simplement ! s'écrie joyeusement Plume.

– En bateau ? répète Charlotte. Mais nous n'avons pas de bois pour en fabriquer.

– Ni de voiles, ni de cordes, ajoute Perle.

– Vous verrez ! sourit Plume. Dans trois jours, nous quitterons l'île sur le plus bon… heu, le plus beau bateau du monde !

Plume est décidé à quitter l'île avec ses amis ! Dans les cuisines, il fabrique... un drôle de bateau !

Chapitre 5

Le plus beau bateau du monde

Hourra ! Victoire ! Plume est sauvé ! Son plan a marché !

L'horrible Madame Brosse n'a mangé personne, et les enfants se sont évadés !

Plume n'avait ni bois, ni planches, ni voiles, ni cordes à sa disposition, alors il s'est souvenu des recettes de son grand-père. Et il a « fabriqué » un drôle de navire : une coque de pain d'épice, assez légère pour flotter sur l'eau mais assez grosse pour résister aux vagues, un mât de sucre d'orge, des voiles de sucre fondu, des cordes de sucre filé et un gouvernail de réglisse.

Sans compter la nougatine, pour que ça tienne mieux ! C'est très compliqué de fabriquer un bateau, surtout en sucre ! Plume n'y serait jamais arrivé s'il n'avait pas un papa pirate et un grand-père pâtissier.

Le petit pirate cache son bateau dans une crique, derrière le château, en profitant des longues siestes de Madame Brosse, qui digère ses babas au rhum.

Le matin de l'évasion, Plume prépare un énorme gâteau au chocolat pour Madame Brosse. Ça l'occupera un bon moment ! Il n'y a plus qu'à s'enfuir…

– Et Noix de Coco ? Et Tarte aux Pommes ? Ils ne peuvent pas sortir de leur cage ! proteste Perle.

– Nous reviendrons les chercher plus tard, promet Plume. Le plus important, c'est de filer d'ici !

Le beau bateau de pain d'épice lutte contre les vagues. Plume tient la barre avec fierté quand il entend crier :

– Attention ! s'exclame Petit-Crochet. Tourbillon droit devant !

– Alerte ! hurle Perle. Danger dans le ciel !

Le bateau fonce droit vers un gouffre d'écume* et une sombre silhouette le survole. C'est Madame Brosse, à cheval sur un balai volant !

– C'est une sorcière ! s'écrie Perle.

Plume se souvient des histoires de sa grand-mère et il comprend tout !

* L'écume : mousse blanchâtre formée par l'agitation des vagues.

Madame Brosse, c'est la méchante fée Carabosse. Elle s'est servie de son balai pour les enlever !

– Oh, là, là… gémit-il. On aurait mieux fait de rester aux Caraïbes, avec les requins et les méchants pirates, plutôt que de venir en Bretagne…

Soudain, quatre flèches à plumes attaquent Madame Brosse : les deux perroquets, Tarte aux Pommes et Noix de Coco, et les hiboux Joujou et Bijou !

La sorcière veut leur lancer une malédiction, mais elle perd l'équilibre, lâche son balai et tombe la tête la première dans le tourbillon. Au même instant, une forme argentée surgit devant le bateau.

– Flic-Flac ! Il m'a retrouvé ! hurle Petit-Crochet !

Le dauphin arrive juste à temps !

Joujou et Bijou, qui ont aussi libéré les perroquets, l'ont prévenu. Les affreux hiboux sont devenus gentils car Tarte aux Pommes et Noix de Coco leur ont promis que les Fourchette leur donneraient des tas de gâteaux s'ils les aidaient !

Flic-Flac guide le bateau entre les rochers qui entourent l'île du Croc, et l'accompagne jusqu'aux plages de Saint-Malo.

– Et la Pierre Philosophale ? demande Perle à Plume.

– Il vaut mieux ne pas en parler à Grand-père Fourchette. Ces histoires de sorciers, c'est trop dangereux.

Ce soir-là, c'est fête à la pâtisserie !

Grand-père et Grand-mère Fourchette, qui les ont cherchés partout, embrassent les enfants. Ils bourrent les perroquets et les hiboux de graines de cacao et de raisins secs.

Tarte aux Pommes et Noix de Coco avaient raison : les deux hiboux seront bien mieux chez un gentil pâtissier que chez une affreuse sorcière !

Petit-Crochet apporte une belle brioche à Flic-Flac tandis que Maître Fourchette donne un diplôme à son petit-fils.

– Si un jour tu en as assez d'être pirate, tu me remplaceras ! lui promet-il.

Ensuite, tout le monde se partage le gâteau… heu, le bateau de pain d'épice.

Plume, qui est très galant et très amoureux, offre à Perle le gouvernail en réglisse.

Les petits secrets de Plume

Saint-Malo, cité corsaire

Au XVIIIe siècle, Saint-Malo était un repaire de corsaires, ces pirates au service du roi. Le plus célèbre d'entre eux est Robert Surcouf, qui entra dans la légende en prenant un navire de guerre dont l'équipage était trois fois plus important que le sien !

Jeu

1) Un jeune apprenti cuisiner s'appelle :

a. un mitron.
b. un polochon.
c. un marmiton.

2) Un farfadet, c'est :

a. un bateau pirate.
b. un petit esprit de la forêt.
c. un gâteau à la fraise.

3) L'écume désigne :

a. la mousse blanchâtre formée par l'agitation des vagues.
b. une grande cuillère plate avec des trous.
c. la marée haute.

Réponses : 1-c, 2-b, 3-a.

Retrouve mes aventures dans les autres histoires de Plume le pirate.

Drôles de pirates !

Le secret des Sept-Crânes

Pris au piège !

Pirates circus

Le trésor des cannibales

La sorcière de l'île du Croc

www.flammarion-jeunesse.fr

Dépôt légal : février 2021
N° édition : L.01EJEN001736.N001
Loi n°49-856 du 16 juillet 1949 sur les publications destinées à la jeunesse
Imprimé en Espagne par Unigraf – 12/2020